カーテンコール

内藤史郎 NAITO Shiro

文芸社

目次

序章

しばらくの睡眠から解放されて、目を覚ましてみると、私の周りには、少し暗い表情の何人かが立っていて、しきりに私に声を掛けていた。

家内は、目に涙を溜めて、今にも大声で泣きだしそうに私の顔を見ながら、

「パパ、頑張りーよ！　頑張りーよ！　また四国にお参りに一緒に行くよ！」

と、話すというより叫んでいた。

不思議なことに、ガラス越しに見える廊下の向こうには、父ちゃんと、母ちゃんと、婆ちゃんが、何か話をしながら、私の方を覗いてた。久しぶりなので、起きて声を掛けようとしたら、三人とも黙って廊下の先の方へ歩いていった。

私は、「なんやったんやろうか？」と思いつつ、だんだんと、また少しずつ再び深い眠りに入っていった。

選択

今から何が始まると?
みんな集まってから
嫁さんがおる
子供たちもおる
兄ちゃんがおる
弟までおる
宴会か何か始まるとかいな?
あれ?
向こうには
父ちゃんの顔も見える
母ちゃん　婆ちゃんが

何か言いよる
どこに座ったら
良いとかいな？
取りあえず、嫁さんに
何が始まるか
聞いとこ

私の記憶は、このあとのひと月程欠けている。

六三歳の誕生日のひと月ほど前、梅雨の始まりのような少しどんよりした金曜日。四〇度を超える高熱で、一人でかかりつけの病院へ出向き、そのまま入院。四〇度以上の高熱が、三、四日下がらず、最初の病院から別の病院へ転院した。そこまでの記憶は、しっかりある。しかし、その後のひと月ほどの記憶は、目が覚めたところどころしかない。

覚えているのは、天井からの眩しいばかりの光の下で、

「今から始めます」

という声が聞こえて、股の付け根、いわゆる《いのね》辺りが、何かムズムズした痛さを感じたことと、小便をしたい気持ちとは裏腹に、出したくても出ない歯がゆさで、

「トイレに行かせてくれ」

と言っても、優しい女性の声で、

「そのままでしても、大丈夫ですよ」

と答えられたことくらいしか、今でも覚えてない。ただ、恥ずかしくて、泣きたいくらいに悲しくて、仕方なしに管の通ったオチンチンから小さい方、おしめパットに大っきい方をしたようなことだけは、覚えている。

七月の初め、私の娘、玲子が、

「ハーイ、父さんの好きな茶わん蒸しよ。ハーイ、美味しかろ！　しっかり食べて」

と、赤ん坊をあやすみたいに、私の口にスプーンを当てて食事をさせてくれたことは鮮明に覚えている。しかし、その時、食欲は皆無で、玲子に、

「要らない」と答えられず、首を振って、そのままベッドに横になったと思う。

そのようにしながらも、だんだんと、だんだんと、私の記憶は戻っていった。


首筋に通された二本の点滴のチューブがチクチクと痛くて、その先が静脈の中を心臓近くまで通って、がん細胞に侵された血液を浄化していることを知らされたのは、入院して二カ月経った八月の旧盆前の金曜日。

この日は、初めての一時退院の日。

若い主治医から病状と、今後の治療方針の説明があった。

「内藤さん。あなたは、『びまん性大細胞型B細胞性リンパ腫』という血液のがんにかかっています。悪性リンパ腫といわれますが、目立った症状として、がん細胞があなたの血液を食べる症状があります。これは、医学的には、《血球貪食症候群》という病名です。四～五年以内の生存率は、四〇パーセントくらいです」

それは淡々とした口調で、「あー、そうですか」と、私自身も淡々と聞いていたが、同席した家内の表情は、一瞬にして暗くなり、

「えっ、四〇パーセントですか？」

と、聞き返した。どうやら疑っているらしかった。しかし、

「ええ、四〇パーセントの生存率です。ただ、これは平均的なデータをお話ししただけで、私たちも最善を尽くして治療にあたります。それと、がんの治療薬は、日々進化していますので、実際の生存率は今でも上がっています。一番の特効薬は、気持ちを前向きに、明るく、いわゆるポジティブに持って生活されることです」

私には、この一言で十分だった。

がんにかかってしまったことは事実だし、人は生を受けて、必ずその生をいつかは、閉じなければならない。家内や子供たちの表情を見ながら、私は、のほほんと、そんな哲学的な心境になっていた。

そしてそれよりも、その話のあとに知らされたことの方が、私には、衝撃だった。

「あなたは当院に来られた時、血液検査の数値が、ほぼ最低ラインまで低下していました。白血球は、ぎりぎりの値で大変危険な状態でした。はっきり言って、もう駄目なところまでいっていました。その時ご家族の方には、いつでも連絡が取れるように

お願いしていました。正直、よく持ち堪えられたと思います」

と、今度は少し語気を強く説明された。

本当に三途の川の向こう側に渡ろうとしたのだという思いが、頭の中をサーッと駆け巡った。

家内が声を掛けて、遠方からわざわざ駆けつけてくれた兄弟はいざ知らず、普段は決して会えない、父ちゃん、母ちゃん、そして、婆ちゃんまでが、本当に久しぶりに駆けつけてくれた。黄泉の世界から。

元気とは言えないけど、久しぶりの私の顔を見て、少し安心したのだろう。何も声を掛けずに、そっと向こうの方へ歩いていった。本当は、少し話でもしたかったろうに。

血球貪食症候群

洒落た名前の病気にかかってしもうた
血が、血を喰うらしい
それも貪欲に喰うらしい
だけん、名前が洒落とう
「血球貪食症候群」
助からんと書いとった
一割は、助かるとも書いとった
一割で良いなら
ここらで一本打つか
逆転満塁ホームラン！
サヨナラだ〜〜〜！

私は、朝鮮戦争が終結した頃の夏の初め、九州の北部、瀬戸内海というよりも周防（すおう）灘（なだ）に面した、とある小さな田舎町で生を受けた。

町は、菅公様（菅原道真）が、京都から大宰府に流された時に、九州で最初に足を踏まれた地として知られ、諸説あるが漁師たちが、漁に使う綱を丸く巻いて敷物を作り、官公様に休んでいただいた、という昔話が残っている。

子供の頃、菅公様が流れ着いた辺りは、白砂青松、目の前が、遠浅の砂浜で安芸の宮島と同様に、海の中に大きな鳥居が建っていた。

潮が引くと鳥居の廻りで、友達とシオマネキやヤドカリを捕まえて遊んでいた。残念だけれど今は、埋め尽くされ駐車場になっている。少し上がった場所に、二月に境内の一〇〇〇本の梅の木が満開になる天満宮もある。

近くに自衛隊の飛行場があるせいか、生まれた頃、町には、まだ進駐軍の兵士が見かけられた、と聞いている。母方の祖父の実家の前には、ダンスホールがあったことを覚えている。ただそれも、いつの間にかなくなってパチンコ屋か、スマートボール場に変わった。小学生の頃はいっとき、剣道のけいこ場にもなっていた。

今でも何もないこの町で、あまり有名な人物もいないけれど、強いて挙げるとすれば、ずいぶん前に『ガンバレタブチ君』という漫画に出てきたピョコピョコ、ペンギン歩きをしていたユニークなピッチャーがいた。覚えていますか？　名前は思い出してください。

その方は、サウスポーのピッチャーで、当時のジャイアンツの四番、そう！　あの大打者、「王貞治」対策用のワンポイントリリーフで有名な、あのピッチャー。新人賞も取ったと思う。その後も長く活躍され、彼が正月に帰郷する時は、駅前の通りに、大きな彼の名前の書かれた横断幕が下がり、「××が帰って来るちよ～」と、町中に話が広がった。当時、彼は、我が町のヒーローだった。

そのピッチャーは、私の長兄の中学校の後輩で、部活では一緒にプレーをしていた。二年の時に当時、甲子園常連の高校に行くために転校したと聞いている。その後、大学、社会人、プロ野球と活躍された。

ただ、母は幼い頃からの彼を知っていて、いつも、「鼻たれタケ×が、テレビに出ちょる」と、TVに向かって言っていたことを思い出す。

そんな何もない田舎町で、私は男六人・女二人の八人兄弟の真ん中、上から五番目に生まれた。昔の田舎では、五人とか六人とかは普通だったけど、八人兄弟は、あまり聞いたことはない。実はこれには、ちょっとした理由がある。

私から下に四人の兄弟と、私のすぐ上の四人の兄弟の母親が違う。それは、私のすぐ上の兄を出産した日に、前の母は亡くなられた。兄を出産してすぐのことなので、生まれたばかりの乳飲み子を見るために、私の母が嫁に入ったのではないかと、私なりに勝手に解釈している。この事情は、今の今まで聞いたことはない。

私とすぐ上の兄は、《年子》つまり年齢は、一歳違い。私は最初、この兄と生活を共にしていなかった。兄は、小学校に入学するまで、亡くなられた母の実家に預けられていた。時々は帰ってきて、泊まって一緒に遊んでいて、夕方近く暗くなると、親戚の方が迎えに来て、「さよなら」を言って、寂しく仕方なしに別れた。その情景が今でも頭の片隅に残っている。

兄弟八人は、このすぐ上の兄が、小学校入学で戻って来た頃から、少しバラバラになる。

長姉は、上京して大学に進学した。長男と次男は、父の姉にあたる伯母と一緒に生活するようになった。伯母は独り身だった。

すぐ下の弟は、父の妹夫婦に子供がいなかったので養子にもらわれた。

すぐ上の兄が戻ってきてから、両親と生活を共にしたのは、兄、私、妹。そして、しばらくして弟が生まれた。家族六人で生活するようになった。

私の実家は、私が生まれた当時、材木屋を営んでいた。戦前、この町で最初に、父の長姉の御主人、つまり伯父が、材木屋を始めた。これが大変繁盛したらしい。当時、町で最初に電話を引いたのは、私の実家であったという話を聞いたことがある。ただ、この話の信憑性は定かではない。

昔、商売が繁盛して金持ちだったことは、子供の頃近くの商店に買い物に行くと、伯父の姓で、「××さんのお坊ちゃん」と呼ばれたこともある。伯父の成功で、近所には数軒の材木屋が商売を始めたと聞いている。実際、小学生の頃、隣も材木屋、少し離れたところにも三軒の材木屋があった。町名も『材木町』だけで、郵便は届いていた。

しかし、この伯父は、材木屋が繁盛していた途中で亡くなったと聞いている。ふぐに当たったらしい。詳しくは知らないが、一緒に食事をしていた伯母も、ふぐに当たったものの一命は取り留めた。伯父亡きあと、材木屋は父が継いだ。

私の幼少の頃の遊び場は、高く積まれた材木の山の上だった。子供の背の高さからしたら、見上げても、てっぺんが見えない五、六段に積まれた大きな材木の山を登ったり下りたりして遊んだ。今思えば小さな子供にとっては、大変危険な遊びだったと思う。しかし、それはそれで、とっても楽しかった。マントよろしく、風呂敷を首に巻いて飛び廻って、『少年ジェット』や『月光仮面』の真似をしていた。

私の頭には、切ったような禿がある。これは、その材木の山で遊んでいて、落ちて負った切り傷の痕と思う。本当に子供の頃、いつも頭に包帯を巻いていた記憶がある。

しかし、材木山遊びも小学校に入学した頃には、できなくなった。その頃になると、父が材木屋をやめて、商売をセメント、砂などを扱う建材店に鞍替えした。材木の山がなくなったあとには、砂山が出来て、遊びは砂遊びに替わった。私にとっては、この方が危なくなくて良かったかもしれない。

どちらかというと、父は伯父と比べてあまり商売は上手ではなかった。はっきり言って下手だった。客先と駆け引きをするようなことは、ほとんどなく、売掛金をしつこく客先に請求することもなかった。

人の好い、下手な商売をしていたので、毎月末には、仕入れ先から支払いの督促をされて、いつも、「すみません、すみません」と、母が、借金取りに謝っていた。その光景は、目に焼き付いている。特に、大晦日の除夜の鐘が鳴るまでは、毎年、子供心にドキドキして、早く年が明けないかと祈っていた。

父は、酒がとても好きだった。毎日、夕方の五時くらいから、安い日本酒の二級酒を湯呑み茶碗で呑み始める。酒の買い出しは、私か、兄が、毎日交代で国鉄駅の中にある売店（キオスク）に行かされた。駅の中なので、友達に見られていないか、いつもとても恥ずかしい思いをした。

酒の肴は、イリコか、炒った唐豆（ソラマメ）。不思議なことに、湯呑茶碗の最初の一杯で酩酊。毎日、大体、日本酒四合瓶の三合目くらいで沈没する。私たち子供は、それからの父が嫌だった。呑み終わって、飯もそこそこに寝床に入る。それからが母にとっては地獄だった。毎日毎日、大声で、「母ちゃん！　水、水をくれ!!」と、叫びだす。何回も何回も眠りに就くまで叫び続ける。

しかし翌朝、目覚めた父は、昨夜、何もなかったように、売り掛けの請求もできない、優しい父ちゃんの顔になって起きてきた。

父ちゃん、酒

酒、欲しい父ちゃん
「母ちゃん、酒、買うてきてくれ」
いつも買いに行くのは、兄ちゃんか俺

酒、呑みたい父ちゃん
「母ちゃん、湯呑み取ってくれ」
いつも夕方五時、酒、呑み始め

酒、呑みだす父ちゃん
「オイ、義高、史郎、勉強せいよ！」
いつも一杯で、このお言葉

酒に呑まれた父ちゃん
「オイ！　コラ！　母ちゃん、水！！」
毎晩、毎晩　叫びだす

あん時の父ちゃんの叫び
もう一度、聞きたい

そんな酒呑みの父が、私が小学四年の時に、小倉の国立病院に入院した。学校から帰宅すると、家には誰もいなくて、夜遅くなって母が帰ってきた。その時初めて、父が肺結核にかかって入院したことを知らされる。肺結核がどのような病気とは知らず、あとになって毎年学校で、腕にツベルクリン反応の注射を打たれて、レントゲンを撮って、検診される法定伝染病と知った。

父が、材木屋から建材店に商売替えして、四、五年しか経っていないが、人の好い父には、たくさんの左官や大工の棟梁が、顧客としてついていた。

父は大きな三輪トラックを運転して、一人でセメント、砂、コンクリートブロックなどを積んで現場に配達をしていた。それとは別に、元の材木屋の流れで、隣の材木屋から原木を割ってできた板材を機械カンナで加工する仕事も受けていた。

幅二〇センチ、長さ三メートル、厚さ二センチくらいの板を、カンナ機に片側から差し込むと、四・五メートルくらい先から、きれいにカンナのかかった板材が出てくる。

この作業は、差し込む方と受け取る方と、必ず二名の作業となる。差し込む作業は父で、受け取る作業は、学校の休みの日に、すぐ上の兄と私が、小学生の時から手伝っていた。大体二〇〇枚から三〇〇枚の板のカンナ加工で、終わると、いつも父のポケットから二〇円くらいの小遣いをもらっていた。

東京オリンピックで町が賑わっていたこの頃、我が家の商売は、上手くいってなかったと思う。世の中は浮かれていたが、子供心にお菓子とか服とか欲しくても買ってもらえず、黙って我慢していた。服もずっと上の兄からのお古で、靴も穴が開いていても履いていた。

そんな矢先、父が入院した。家には、三輪トラックを運転する者はいない。カンナ機から板を受け取る者はいても、差し込む者はいない。生活は、少しずつ、少しずつ暗く、どん底を見るようになっていった。

建材の配達は、近くであれば、少量のセメントとか、ブロックなどは、私と兄が、母を手伝ってリヤカーを引いて行っていた。

父の知り合いの息子さんが、しばらくは配達の応援で、三輪トラックの運転に来てくれた。しかし、父のいない商売はどうしようもなく、家の中は毎晩酔っ払って叫びだす父の声も聞けず、暗い毎日が続いた。

入院して翌年の正月、母に連れられて子供四人、小倉の国立病院に父の見舞いに行った。今考えると、父の病気は肺結核なので、病棟は隔離されていたと思うが、親子五人、父の病室で面会したことを覚えている。父は、周りの入院患者に気を使ったのか、私たちをすぐに病院の近くの食堂に連れ出した。

久しぶりに母に会えたことが嬉しかったのか、終始ニコニコしていた。そして、私たちには、かつ丼を食べさせて、自分は熱燗を一本注文して呑みだした。少し心配だったが、仕方ないとも思った。

父はちびりちびり呑みながら、母にいろいろな話をしていた。面白かったのは、競馬に勝った話だ。

病院のすぐ近くには、中央競馬（ＪＲＡ）小倉競馬場がある。同じ病室に競馬好きの患者がいて、レース開催日には抜け出して行っていた。父は、全然賭け事はしないが、時々少しだけその方に頼んで、馬券を買っていたらしい。その時頼んだ一枚が大穴で、一枚一〇〇円が二万円くらいになった、と母に話していた。このかつ丼は、その時の勝利金で食べていると思ったが、支払いは母がした。

父は、熱燗を一本以上は呑まなかった。なので、その夜は叫んでいなかったと思う。

父は、春先の三月の中頃に退院した。帰宅しても、しばらくは床に臥せていて、体調は以前のようには戻ってはいない。息をする度に「ヒーヒー」と聞こえるようになった。

子供心に大丈夫かな？　と心配しているうちに、父は、ひと月ほどすると商売に復帰した。

両親、そして子供四人の生活は苦しかったけれど、父が帰ってきたことで、少し明るくなったような気がする。

私と兄は、私が五年生の三学期から、外でアルバイトを始める。兄が牛乳配達、私が新聞配達。自分たちで見つけてきて、勝手に始めた。

私は最初、夕刊配達だけを始めたが、その後、朝刊も配り始めた。当時、月に三〇〇〇円くらいの給料をもらった。兄もそのくらいだと思う。

家の商売が苦しかったので、小遣いをもらえる余裕はなかった。

もらった給料で買ったのは、一つは、当時「シャッター押すだけ」というコマーシャルで有名になったコンパクトカメラ。配達先のカメラ屋の方にお願いして、月々一〇〇〇円の一〇回払いの月賦で購入した。

あと一つ、テレビで宣伝していた発刊されたばかりの百科事典を、これも配達先の書店の方にお願いして月々一〇〇〇円の一二回払いの月賦で購入した。

残ったお金は、そのつど買いたい物を買った。しかし、時々母から給料日に何かの支払いで貸してくれ、と言われて渡したこともある。

新聞配達は、中学二年の三月まで続けた。

私は、兄が亡くなった母の実家から戻ってきてから今まで、兄に対して、母親の違う、いわゆる異母兄弟という感情はない。

それは、家の商売が上手くいかないで本当に貧乏な生活をしていた小学校から中学、専門学校、そして社会人になるまで、共に同じ屋根の下で過ごしてきたからだろうと感じている。

私にとって兄は、いつもヒーローだった。

兄の身長は私より少し低いが、運動神経が抜群で、足も速く、何をしても飛び抜けて目立っていた。運動会では走っては一番で、クラス対抗では、ずっと代表で走っていた。性格も明るく、いつも周りを笑わせて、特に女の子にはモテる。昔読んでいたちばてつやの漫画に「ハリスの旋風」というのがあったが、その主人公の石田国松にそっくりだと思っていた。運動神経抜群、破天荒で女の子にモテる。

そんな兄に、少しでも近づきたいと思って、兄がすることには、いつも見よう見真似で後ろを追っかけた。

兄は、中学に入学すると、校内で使用する上履きを履かなかった。貧乏しても、上履きを買う金くらいは家にあったと思うが、三年間ずっと裸足で通した。夏はまだしも、冬も靴下を履かないで、裸足で校内を駆けていた。卒業式も裸足で出席した。参列した母は、恥ずかしかっただろうと、今になって思う。

しかし、私から見たら、これがカッコ良かった。あんなことしたら、女の子にモテるのかと思い、私も中学生活の三年間、冬も靴下を履かないで裸足で通した。しかし、私は兄ほど女の子にはモテなかった。

兄は、三年生の時に生徒会長に立候補して見事当選。これもまたカッコ良かった。当然、私もそのあとに立候補。無事当選して、書記長、生徒会長と任命していただいた。

兄弟で会長をしたことは、この年になっても自慢で、時々それぞれの嫁さんや子供たちに話をする。

中学のホームルームの時間に、担任の女性の先生が、クラス全員に『尊敬する人』のアンケートを採った。私は迷わず兄の名前を書いた。その後の家庭訪問で、我が家を訪れた担任が、母にこの話を始めた。少し恥ずかしかったが、再度聞かれた時も、「ハイ!」と答えた。担任の先生は、少し笑いながら、

「良いことですね」

と、話されたのを覚えている。

この尊敬する義高兄ちゃんと一度だけ大喧嘩をした。私が小五、兄が小六だったと思う。原因はまったく記憶にないが、砂山の前で罵り合って、砂を掛け合って、取っ組み合って喧嘩した。それまで些細な口喧嘩はしたかもしれないが、喧嘩らしい喧嘩は、この一回だけしかない。

この時、これを見つけた父ちゃんが、ぶっ飛んできた。そして二人並んで殴られて、やっかましく怒られた。これ以後、兄とは喧嘩は、まったくしていない。

義高兄ちゃん

兄ちゃん　牛乳配達
俺　　　　新聞配達
兄ちゃん　生徒会長
俺も　　　生徒会長
兄ちゃん　商船高専
俺　　　　工業高専
兄ちゃん　バスケット
　　　　超上手くてキャプテン
俺　　　　サッカー
　　　　超下手でもキャプテン
兄ちゃんの母ちゃん

貴江母ちゃん
俺の母ちゃん
妙子母ちゃん
でも　兄ちゃんと俺
小学生の時
砂を掛け合って大喧嘩
父ちゃん、ぶっ飛んできて
二人して殴られた
「お前ら　兄弟やけん
これ以上喧嘩したら
承知せんぞ！」
殴られた痛み
腹違いの
兄ちゃんと俺

「ずっと忘れとらんよ
　父ちゃん」

私が中学校に入学する頃、世の中はまだ東京オリンピックからの好景気、いわゆる《いざなぎ景気》の真っ只中で、高度経済成長を続けていた。が、我が家の景気は、どん底を続けていた。

そんな時、またしても降って湧いたような事件が、我が家を襲う。

毎朝の新聞配達を終え、販売店に戻ると、店主が私を捉まえていきなり、

「史郎君、大丈夫ね？」

と聞いてきた。何のことか分からず、

「ハイ、大丈夫です」

と、生返事をした。

また、その日の学校のホームルームのあと、担任の先生が私の元へ来て、同じように、

「家は、大丈夫ね？」

と聞かれ、この時もまた何のことか分からず、

「ハイ、大丈夫です」

と、生返事をした。

この時、私はまったく知らなかった。何が起こっているのか。学校から帰宅してみると、店は閉じてしまって両親はいない。外では、妹、弟たちが遊んでいる。帰宅したちょうどその時、電話のベルが鳴った。

低い、野太い声で、

「お父さんか、お母さんは、いますか？」

「ハイ、今、留守しています」

「だったら、××商事の××から電話が、あったことを伝えて」

「ハイ、分かりました。伝えておきます」

と言って、電話を切った。建材の取引先の人からの電話と思い、名前をメモした。

両親は、その日、七時近くになって帰って来た。夕食に買って来た稲荷と巻きずし

をほおばりながら、「何か、あったと?」と聞こうと思ったが、父が一杯やりだしたので、その場はやめた。

翌日、学校から帰宅しても、また誰もいない。店も閉めている。この時間に店を閉めていることなど、今までなかったことなので少し不思議に思っていると、夕方五時くらいに、四、五人の客人があった。中の一人が、

「今日は、お父さん、お母さんは、おらんとね?」

と、聞き覚えのある野太い声で尋ねてくる。

「えー、今、出掛けています。まだ帰っていません」

と答えると、

「分かった。少し待たせてもらうよ」

と言って、一緒に来ていた周りの者に、

「オイ、お前ら、店の前を掃除しろ」

と命令した。

その声に、昨日の電話を思い出した。同じ野太い声、そしてちょっと怖そうな感じ

で、若い者に命令した。その声に何故だか、悪い予感がした。周りの若い者は、さっさと掃除を始める。申し訳ないくらい丁寧に掃除をしてくれて、店の前はきれいになった。

「お父さんとお母さんが帰ってくるまで、ここで待たせてもらうけん。坊やは上がって勉強しとき」と、私のことを「坊や」扱いする。少しムカッとしたが、

「すみません。待っとってください」

と返して、私は奥に引き込んだ。当時テレビも壊れていてよく映らないので、卓袱台の上にあった数日前の朝刊を開いて暇をつぶすことにした。

今でも忘れないが、その朝刊の社会面トップに、私の家の建材店の名前が、書かれた記事が載っていた。

【〇〇銀行　支店長　手形詐欺　××町　商店主数軒　被害】

その記事には、取引先の銀行の支店長が町内の数軒の商店主を訪ねて廻り、銀行登録の印鑑と手形帳を預かり、勝手に金額を記入して、手形融資の業者に廻して裏金を作るという詐欺事件が書かれていた。私の家の建材店の名前も書かれていて、他に五、

六軒の店名が書かれていた。私が、新聞を配達していた先の店名もあった。

今、この年齢になって、この記事の内容が理解できるが、当時の私には、手形は理解できても、手形で融資ということが理解できなかった。どのようなことをするのか意味が分からない。ただ、両親の帰宅を待っている客人と、この記事が何となく関係している、そんな雰囲気は感じる。

夕方六時過ぎ、両親は帰宅した。客人と何か話をするようで、私と妹、弟は、二階に上がって、下りてこないように言われた。兄はまだ部活で帰宅していない。

しばらくして、母の、

「ご飯にするから、下りてきなさい！」

と、大きな声が飛んできた。下りていくと、既に客人はいなくて、父の晩酌が始まっていた。今日も稲荷と巻きずし。やおら母に、

「何かあったと？」

と、食べながら聞くと、母は、

「支店長に騙されたんよ。さっき来たあん人たちは、借金取りのヤクザよ」

と、事件の一部始終を話しだした。

金額は覚えていないが、支店長は数百万円の手形を発行して、それを手形融資する××商事に廻して金を作ったらしい。当時、大学出の初任給が二万五〇〇〇円くらい、近くのよく行ってたラーメン屋が一杯九〇円の時代、数百万円の金額を聞いて驚くほかなかった。

だけどまだ、私にはピンと来ない。手形を書いたのは、両親ではなく支店長なので、まったく関係のない事件と思い、

「なんで、あのヤクザが、来たと？」

と、聞くと、

「印鑑、貸したけんよ」

と、母が言った。つまり支店長が書いた手形は、建材店の銀行印を押印しているため、書面上有効で、手形の期限が来たら支払いの義務が、両親に生じていることの説明をしてくれた。私は、そんな馬鹿馬鹿しい話は、世の中に通らないと思ったが、どうしようもなく、この二、三日弁護士に相談に行っていたらしい。店を閉めていた事

情が、これで理解できた。

この後、数回××商事のヤクザは訪ねてきた。来る度に若い衆が、表を掃除してくれた。

この事件は、最終的に××商事に多額の和解金を払って決着した。金額は一〇〇万〜一五〇万円くらいと聞いているが、親戚中で応援してもらって金を揃えたらしい。有り難い。

本当に、生活はどん底をはっていた。

貧乏・笑い話

小学校一年生（兄ちゃん二年生）
大雪降って　集団登校
僕と兄ちゃん　穴あきズック
母ちゃん　急いで走ってきて
「この長ぐつ履きなさい」
デカい長ぐつ
六年生まで履いとった
超経済的

小学校五年生（兄ちゃん六年生）
学校から帰ったら

僕と兄ちゃん交替で
父ちゃんのカンナ加工手伝い
父ちゃんも　酒　我慢
「トムとジェリー」観たかった
でも、ＴＶ壊れて映らない

小学校六年生
ソロバン塾から帰ったら
そっと母ちゃん話しだす
「米屋に行って　米三合
　借りてきて」
仕方ないから　友達の米屋へ
あのお金　払ったのかな？

中学一年生
休みになったら
父ちゃんの配達手伝い
ア〇〇セメント　五〇キロ
僕の体重　五〇キロ
軽々担いでた
本当に五〇キロ入ってたのかな?

みんな貧乏、笑い話
中州に行って
話のネタで盛り上がり
と、突然
嫁さん現れて
「あんた!

苦労、どっかに
忘れとろ！」

「…………」

この詐欺事件で、金銭的に助けてくれた親戚の有り難さは、当時中学生の私は、あまり感じていなかった。成人して改めて詳細を知ると、今の私が、ここに、こうしていられること、無事学校を卒業して、そこそこの企業に就職できたこと、そして結婚して子供が出来、今の生活が送れること。援助してくれた親戚への有り難さをしみじみと感じる。

親戚のうちで、私の母の両親、祖父、福蔵爺ちゃん、祖母、ミツ婆ちゃんの話。

父は、小学生（尋常小学校）の時に両親を亡くしたと聞いている。すぐ上の兄の、亡くなった母方の祖母は、私が子供の頃は健在で、兄と時々祖母の実家に遊びに行っていた。その後も長く健在だったと聞いている。

私の母方の祖父、福蔵爺ちゃんは、私が成人する頃に亡くなった。祖母、ミツ婆ちゃんは、しばらく元気で一〇〇歳近くまで健在だった。

福蔵爺ちゃん。この人がすごかった。明治の中頃の生まれで第一次世界大戦（大正三年・一九一四）では、下関の軍隊に所属していたと聞いている。その後、ミツ婆ちゃんと結婚して第一子に伯父を授かる。しかし二八歳の時、突然の高熱で全盲となる。大正一〇年（一九二一）頃、突然の全盲となって、そこからの大変な苦労話を、私が小学生の時、祖父母の実家に遊びに行くと、面白可笑しく何度も話してくれた。

突然の全盲になって、親子三人生きていかなければならない。その当時、今のように国が助けてくれる法律もなく、全盲の職業といえば、あんま、鍼灸の技術を覚えて食べていくしかない。

当時近郊では、下関に盲学校があり、最初は、その盲学校に入学して学んだと聞いている。ただ当時その学校では、あんまの授業などはあっても鍼・灸治療の授業は、まだなくて、鍼灸を覚えるためには、東京の専門の盲学校に行かなければならなかった。

祖父は、鍼灸の技術を覚える必要があると考え、親子三人上京して専門の盲学校に入学することを決意。ちょうど大正一二年の関東大震災の直後に上京する。この時、まだ母は誕生していない。

親子三人生活するためには、当然お金がいる。稼がなければ生活もできないし、ましてや学校にも行けない。

祖父は、授業の空いた時間にマッサージ師をしながら、食い扶持を稼いだ。授業の空いた時間、客から予約を取って、出張マッサージをしてお金をいただく。祖父の仕事は、大変評判が良くて固定の客が多くついた。

祖母は、稲荷ずしを作って、町中を売り歩く行商を始める。当時、東京の巣鴨辺りに借家していて、祖父を雑司ヶ谷近くの盲学校に送ったあと、稲荷ずしを売り歩いて、少しのお金を得ていたと聞いている。祖母曰く、この稲荷ずしも大変な人気で、すぐに売り切れたと自慢していた。

私たち孫も、祝い事があると、祖母の作った大きな三角形の稲荷ずしをよくいただいた。本当に大変美味しかった。ご馳走様でした。

東京で生活するために、夫婦で協力してお金を作り、そして専門の学校で鍼灸治療を習得して九州に戻って来た。その時には、母が生まれ家族四人、また少し負担が増えて全盲の祖父と、それを助ける祖母の生活が始まる。

祖父は、個人で治療院を開院する。これが大変繁盛し、多い時は一〇人くらいの弟子を預かって指導するようになる。また噂を聞きつけて、一時間以上かかる遠方から、わざわざ汽車に乗って治療に来られた方もいたとよく話していた。

全盲の祖父と、気丈な祖母に育てられた伯父、そして私の母は、口癖のようにいつも当時の尋常小学校を卒業したあと、誰でも行けるものではなかった旧制中学校、そして女学校を出してくれたことを大変感謝していると話していた。

学業ができても、ある程度お金がないと、進学できない時代で、ほとんどの子供は、働いていた。今は義務教育のあと、高校に行くのは当たり前であるが、当時は行きたくても行けないのが普通であった。

本当にすごい爺ちゃん、婆ちゃんだったと今でも思う。

祖父は、魚釣りが大好きで、子供の頃、よくハゼ釣りに連れていってくれた。目が見えないのに、釣りなどできないのでは、と思われるかもしれないが、仕掛けの作り方を教わり、私が作る。それに餌をつけて祖父に渡す。浮きはつけない。すると祖父は、竿の当たりの感覚で、どんどんハゼを釣り上げる。見ているだけで面白い。

祖父は、私が小学校五年生くらいの時に、また、すごいことを始める。それは、おとな数人が乗れる小舟の製作。

実家の倉庫で、祖母と伯父に手伝ってもらって始める。全長五メートル、幅二メートルくらいの人が乗れる木造の舟で、釣った魚を入れる生け簀もあり、櫓を漕いで進む本格的な舟造りを本気で始める。

製作を見に行くと、祖父が祖母に木材を何センチ（何尺？）に切れ、と命令する。切った木材を祖父に渡すと、それを手でなぞって形、寸法を確かめる。そして祖父が言ったことと、出来上がりが間違っていたら、そこで喧嘩になる。しょっちゅう喧嘩していたと思う。しかし、小舟は日に日に、形になっていく。

その年、小学校五年生の秋、町の港で進水式を迎える。祖父、祖母、孫たちを乗せて、伯父が櫓を漕ぐと、小舟は少し沖へ出た。そこで小さな錨を下ろし、みんなで釣りを始める。少し沖に出るとハゼ、どんこがめちゃくちゃ釣れた。釣れた魚は持って帰って、正月の出汁用に祖母がさばいて、少し炙って天日で干し、ハゼの日干しを作っていた。

福蔵爺ちゃん　ミツ婆ちゃん

すっごい爺ちゃんが、いたもんだ！
まったく目が見えないくせに
あんま、鍼、灸　当たり前
夏は、川でホイホイ立ち泳ぎ
湊の波止で魚釣り

それにもまして
すっごい婆ちゃんが、いたもんだ！
まったく目の見えない爺ちゃんに
ずっと連れ添って
あんまは、当たり前

爺ちゃん直伝の無免許鍼灸で（時効）
僕の扁桃炎を治してくれた

はたまた小舟の設計は、爺ちゃんで
寸法測って、木を切って、釘打って
舟の形を造ったのは、婆ちゃんだ！

そんな、爺ちゃん婆ちゃんが、造った舟に
孫たちみんな乗せて、ハゼ釣った
釣ったハゼの出汁で作ってもらった
正月の雑煮は
とっても美味しかった！

父の病、銀行支店長の手形詐欺などなど、私の少年時代は、大変な時代を過ごしてきたなと、今思えば、その日その日のことが、すぐそこにあったことのように思い出される。

私にとっては、ただ、そのような大変な毎日があった記憶だけであっても、両親にとっては、その日その日の商売、生活を乗り越えていかなければならない、四苦八苦の毎日だったと思う。

私の中学生時代、すぐ上に尊敬する兄がいたので、とにかく兄の真似をして、上履きを履かないで校内を走り回ったり、生徒会に立候補したり、結構楽しい中学生活を送った。

クラブ活動は、日本がメキシコオリンピック（昭和四三年・一九六八）で、銅メダルを取ったことで盛り上がっている、サッカー部に入部した。

そのサッカー部は、サッカーブームのおかげで出来たばっかりで、部員は、今でいうヤンキーの集まり。あまり練習はしなくて、集まっては、ずーっと変な話ばかりしていた。時々は、ボールを蹴っていた。こんな言い方は申し訳ないけれど、あまりよろしくない雰囲気の先輩と、他に私以外に同学年はいなくて、部員は一一人揃わなかった。

そのような怪しい先輩の中にいても良かったのは、先輩方々は、兄の同級生なので、良い意味で結構可愛がられた。それと先輩の中に、私の新聞配達の仲間がおられて、それも良かったと思う。

兄はバスケット部のキャプテンで、県大会までいったと思う。私のサッカー部は、三年生の時に初めて郡の大会に出場して、二試合して敗退した。

兄は、三年の進学で広島の商船高専を受験する。

兄は、生まれてすぐに亡くなった母親の実家に預けられた。その時、実家にいた叔父さんに、大きな船の見える港に連れていかれたという。

「あんな大きな船に乗って、外国に行きたい」

と、叔父さんに言うと、

「勉強して、船長になったら行けるぞ」

と、話してくれた思い出を、何回となく聞かされた。

兄は船乗りになりたいことと、両親の商売が上手くいってないことで、普通高校から大学進学よりも、商船高専に行けば早く船乗りの夢が叶うと考え受験した。

しかし、その年の受験は失敗。結局、普通高校に入学する。

翌年、今度は私が受験生。

中学三年生、一学期はまだ部活が忙しくて、そんな気持ちにはならない。部活を引退して二学期が始まっても、まだ全然気持ちは乗らない。

ちょうど思春期。好きな女の子が現れる。今思い出すと、こんな老人でも胸がキュンとなる（失礼）。しかし周りがだんだん、だんだんと受験の雰囲気に染まってくる。

一〇月、いつも読んでいた中学生雑誌の高校進学の記事に目が留まる。そこに工業高専の記事を見つける。昨年兄が受験したのは商船高専。読んでいくと、工業高専、商船高専とも中学卒業後に進学して、五年間で四年生大学と同等の専門課程の授業を受ける、と書いてある。そして卒業後の一流企業からの求人率が高く、就職率もほぼ一〇〇パーセントと書いてある。

この時、やっと受験生気分になった。

今の貧乏生活の中では、普通高校に進学しても、大学は多分いけないと、気持ちの中ではあった。前年、兄が商船高専を受験した気持ちが、この時に理解できた。一緒に牛乳配達、新聞配達を始めて、いつも兄のあとを追っかけ、また同じことをしようとしている自分が、そこにいた。

受験日は翌年の二月中旬。残り四カ月しかない。

私は、受験日までの詳細なスケジュールを立てて、受験勉強を始める。死に物狂いで勉強したと言っても過言ではないと、今は思う。

雑誌から過去の問題を見つけて、何度も繰り返した。深夜三時くらいまで起きていて、朝、寝坊して、よく遅刻もした。遅刻しても担任の先生は見逃してくれて、怒れることはなかった。

一二月。突然兄が、

「史郎、俺も、もう一回、商船高専受けるけん、お前が持ってる試験の問題を貸してくれ」

と言ってきた。正直、私はびっくりした。

普段、普通高校に行っているのに、受験して合格すると、またやり直さなければならない。大学受験の浪人生活をして、一浪、二浪は、よく聞いていたが、高校受験というより、高専受験のやり直しの決意をした兄に驚いた。

まだ一五歳か一六歳。すごい決意をしたなと、私は感心させられた。

兄の残り日数は、約二カ月。本当に普段通り高校に通いながら、受験勉強を始める。兄も、死に物狂いになっていたに違いない。

翌年の二月中旬、全国同時に二日間の入学試験が始まる。高専の試験問題は全国統一で、私は北九州市の校舎で同級生数人と受験。兄は、広島の校舎まで行かなくて、福岡の九大で受験する。雪は降らなかったが、寒かった記憶がある。それと試験問題はとても難しくて、駄目な気持ちに半分なっていた。帰宅して兄に聞いてみたが、兄も一言、

「うーん、分からん」

と、言うだけだった。

中学生の卒業前、高専が駄目な時の普通高校の受験日までの十日余り、友達は真剣な毎日を過ごしていた。しかし私は、空気の抜けた風船のような日々を過ごしていた。

というのも、好きだった女の子が、お父さんの転勤で東京へ転校していったからだ。それも、高専の受験日の一週間前に知らされた。高専受験は必死だったので、そのことは頭から外せたが、受験が終わると、毎日、頭からその女の子のことが、外せなくなっていた。そして、高校受験もどうにかなるだろうと、簡単な気持ちで卒業を迎えようとしていた。

春三月弥生。卒業式まで十日余り、高校入試まで一週間。高専の合格発表が待ち遠しい。しかし、入試問題が、とても難しかったので、多分駄目だったんじゃないかと、気持ち的には半分諦めている。

下校の前の掃除を終え、担任の先生にホームルームの連絡に職員室の扉を開いた。先生を探して職員室をぐるっと見回した。

と、その時、教頭先生の席の後ろ、職員室一番前の大きな黒板の左隅に、ピンク色のチョークで桜の花がいくつも描かれてある。丸く、いくつか描かれた桜の花びらの中央に「祝合格！」と、書かれていて、その横に兄の名前が大きく描かれてある。

私は、それを見つけた瞬間、なんとも言えない嬉しさが込み上げてきた。二度目の挑戦で見事合格した兄を、本当にカッコ良いと思ったし、自分の合格ではないけれど、ほっとした。

担任の先生は、見つからなかったので、その嬉しさを持ったまま、さっさと教室に戻った。教室に戻ると先生は、既に教壇に立っていた。

私が教室の扉を開けると、同時に先生は、私と一緒に受験した友人のK君を、手招きで呼び出した。先生は、私たちにひそひそ話でもするように、

「オイ、お前たち二人、合格しとったぞ！」

と、告げた。

「え!!」

さっき兄の合格の名前を見つけたばかりなのに、今度は、私の合格。こんなことってあって良いのか？　何かの間違いではないだろうか？　などなど、不思議な気持ちになった。

本当に信じられなかった。天まで昇る気持ちとは、こんなことなのか？　形容のしようがない。

席に戻っても、頭の中は嬉しさで満杯で、先生が何を話されているかなど、全然耳には入らない。ホームルームの終業の挨拶を終えると、一目散に下校した。

帰りの道すがら、この数カ月のことがいろいろ思い出される。私が受験を決めたのは、試験日の四カ月前。二カ月前に、兄が再受験の決断をして一緒に受験。そして今日、同時に合格の知らせを受ける。両親に報告したら、本当に喜んでくれるだろうと、喜ぶ顔を頭に巡らせながら帰りを急いだ。

「ただいま！」

「お帰り！　良かったね。合格しとったっちね。兄ちゃんも！　学校から電話があったよ」

「え〜〜　知っとるん？　つまらん！」

「なんが、つまらんとね？　合格したけん、良いことやないね」

今思えば、母とこんな会話を交わしたと思う。びっくりさせようと思い、慌てて帰ったのが、何もならなくて少しがっかり。

父は、早くも祝杯を挙げている。

「どうでもいいけん、すぐ爺ちゃんと、婆ちゃんに報告してきなさい」

兄は、まだ帰宅していないが、一人で報告に行った。

祖父母は、まだ母から何も聞いていなかったようで、私からの報告で大変喜んでくれた。目の見えない祖父は、

「良かったの〜、良かったの〜」

と、何度も言ってくれた。それも、目に少し涙を溜めて言ってくれたのが、私には、とても嬉しかった。少しは、爺ちゃん婆ちゃん孝行ができたかなと思った。

春四月、兄弟揃って無事入学。

私は、地元北九州、兄は、遠く離れて広島の学生生活が、スタート。余談ではあるが、年間約一万円の授業料を五年間。一人あたり総額約五万円で卒業させていただいた。これも良い親孝行ができたなと、今でも時々思い出して、兄と話すことがある。

それから五年後、兄は外航航路の機関士、私は建築関係の電気エンジニアとして、社会人をスタートする。

青年の心

春　三月
皆に見送られ
旅立ちの列車に乗り込む
桜　まだ　蕾

夏　八月
額の汗
油で汚れた袖で拭き
黙々とスコップを振る
蝉の声　耳に残る

秋　一〇月
人恋しくて
独り酒で紛らわす
虫の音　心に沁みる

冬　一月
防寒服に守られ
現場　階上を駆け上がる
吐く息　雪を溶かす

春　四月
竣工の
祝いの酒を酌み交わす

桜　既に満開

旧盆に初めての一時退院で、一〇日ほど自宅で過ごすことができた。主治医の説明で化学療法の抗がん剤治療は、血液検査などで経過を見ながら、八回まで行うと言われた。状態が良くなることがあれば、回数は減らす、とも言われた。

一カ月に一回くらいの抗がん剤治療の間隔で計算すると、順調にいけば年が明けて一月くらいには、退院できる計算になる。約半年は、病院生活になりそうだと感じていた。

……上手くいけばの話だが………。

化学療法・抗がん剤治療は、顎の下、首筋の静脈に管（カテーテル）を心臓近くまで挿入し、治療薬を点滴で二四時間、五～六日間投与する。初回の時は、私の意識がなかったので、いつの間にか首筋に管が挿入され、治療が終わっていた。その後、意識がある時に、首筋にカテーテル挿入の処置を受けるのは、大変怖かった。

首筋の局部麻酔だけなので、処置する時のスタッフの声が耳に入る。目を瞑（つむ）ってても、何をされているか想像すると余計怖くなる。一度インターンの若い先生から、カテーテル装着処置をしていただいたが、上手くいかないで、再度主治医の先生がやり直したこともあった。

このカテーテルは、入院中、一時退院するまでの約一カ月は、抗がん剤投与後の他の薬剤の点滴を行う時に使用するため、装着したままとなる。

抗がん剤の副作用は、患者によって様々で、吐き気、下痢、便秘、微熱、食欲不振、疲労感、倦怠感などなどあるが、私にとっては、倦怠感が、一番辛かった。抗がん剤点滴中は、副作用を抑えるプレドミンというステロイド剤を服用する。抗がん剤の点滴投与が完了すると同時に、服用はなくなる。点滴完了の翌日からの倦怠感、疲労感、便秘は半端ではない。

抗がん剤投与後、体内のがん細胞を浄化した薬物を排出しなければならない。体重測定で排出を判断する。だが、副作用でトイレには、大きい方も小さい方も全然、行く気が起きない。とにかく何もする気が起きない。食欲もなくて、あまり食べていないのに少し体重が増える。すると、出すために利尿剤を注射される。これが効果覿面で、すぐにオシッコに行きたくなる。最初は五分おきくらい、出しても出しても催す。今度は半日、トイレが友達。

そして便秘。これもまったく出ない。下剤も効かない。

少年期から今まで、ずいぶん厳しい環境に置かれていたので、多少の問題は、クリアしてきたつもりだが、この倦怠感は、なんともしようのない、初めての経験。説明のしようもない。

倦怠感

なーんもしとうなか。
飯も食いとうない。
酒も呑みとうない。
テレビも観とうない。
ＣＤも聴きとうない。
エッチもしとうない。
誰とも話しとうない。
寝ても、起きてもきつい。
どげんか、してくれ！

しゃーないけん、

小便くらい行っとこ。

私は、副作用の他に、入院中は持病の憩室炎という大腸の炎症で悩まされた。

この持病は、医学的には説明ができないが、大腸の中にある窪みに、ゴミが溜まって炎症を起こす。この一〇年間に二度、この持病で入院している。今回も当初、憩室炎（風船状の袋・憩室に炎症や感染症が起きる）による高熱と思い入院した。しかし、悪性リンパ腫の発症が判明して転院することになった。

今回の入院中、血液検査で炎症の数値が異常に上がり、下痢が続き憩室炎を発症した。

主治医から、身体が免疫不全の状態にあるため、憩室炎が起きやすいと説明された。憩室炎と診断されると、三度の食事は中断され、絶食状態になる。食事はなく、ずっと首筋からの点滴が栄養となる。入院中、二度、憩室炎と診断され、大体三週間の絶食状態となった。

昔からひもじいのには慣れているので、最初は苦しかったけれど、慣れればそこまで苦痛ではなかった。

絶食明けに出された水分だけの重湯が、大変美味しい。これは体験してみないと理解できないと思う。体重は、入院時から二〇キロ以上減量した。

三クールの抗がん剤投与を終えた一一月、主治医から、《自家抹消血幹細胞移植》という治療を行いたいと説明があった。

大量の抗がん剤投与による副作用で、血を造る骨髄の機能がほぼ破壊されてしまう。そこで、自分の血液から血を造る細胞（造血幹細胞）を採取（自家末梢血幹細胞採取＝ハーベスト）し、冷凍保存しておく。この冷凍保存した造血幹細胞を、大量の抗がん剤治療後に点滴投与（移植）して、骨髄で血液細胞を造る力を再構築させる強力な治療方法で、私の生存期間を延長させると、説明された。

よく聞くと、生存期間を延長ということは、抗がん剤投与のみでは死亡する可能性がまだ高いと言われていると理解した。

私は、一度この世から消え去ろうとして、戻ってきている。ぜひ、お願いしますと承諾した。

一二月中旬、血液採取（ハーベスト）を行うために、白血球を増価させる薬の注射が始まる。入院中の白血球の数値は、二〇〇〇～三〇〇〇以下で、許容値（三三〇〇以上）には届いていない。看護師から、注射後白血球は、二万から三万くらい増加すると伝えられた。それ以下だとハーベストは、できないかもしれないとも伝えられた。

一回目の注射では、七〇〇〇くらいまで上昇、二回目、三回目の注射でも、一万ちょっとくらいまでしか上昇できない。

主治医が説明に来られた。

「内藤さん、今回は、白血球の数値があまり上がらないので、ハーベストは中止します。次回、一月の五クール目の抗がん剤治療の時にハーベストはします」

私は、少し気落ちした。大分期待していたのだが……。

一月、再度ハーベストに挑戦。白血球の数値を上げる注射を受ける。看護師から、一回目の採血検査で白血球が一万五〇〇〇までアップしたことを告げられる。何度かの注射で、二万近くまでアップ。今度こそは、ハーベスト実行と確信する。

主治医の回診で、翌日の午前中にハーベストを開始することを告げられるが、白血球の数値がまだ不足しているため、移植できる血が採れないかもしれないとも説明を受けた。

ハーベスト実施の前日、気持ちが落ち着かず、あまり眠れない。延命の言葉に、やはり、私の心が、揺れ動いている。

のほほんと呑気な気持ちで、倦怠感だけ心配して、抗がん剤治療を受けてた方が楽だったと、大変身勝手な自分になっている。

翌朝一〇時、ベッドのままで処置室に搬送される。様々なチェックを受け、両方の腕に少し大きめの針を刺され固定される。片方の腕で採血して、採取された血液から、必要な成分の血液を採り出し、残った血液を反対の腕から戻す。二時間くらい、そのままの姿勢を保たなければならないので、結構きつい。

その後、安静の状態のまま、しばらく深い睡眠に入った。

（上手く行きますように）

自分の病室に戻れたのは、午後二時を過ぎていた。多量の血液を採取したため安静にするように言われ、前夜の緊張で睡眠が足らなかったこともあって、すぐに深い眠りに就いた。

ちょうど目覚めた頃、主治医が回診に見えた。

「内藤さん、お疲れ様でした」と、ねぎらわれた後、

「残念ですが、採取した血液の成分が、あまり良くなく、移植には使えません。このような症例は時々あります。これ以上ハーベストに挑戦しても、同様の結果が出ると考えられます。内藤さんの場合は、今回の治療方法（自家抹消血幹細胞移植）は、諦めたいと思います」

この説明を聞いた時、少し、というより、正直、なんとも言い表せない辛さを感じた。いつも冗談を言って、ノー天気な私でも、「この先どうなるんやろ？」と、不安になった。

生存期間延長の手段が、一つ消えた。

命

電卓で　残りの命の計算
叩いても　叩いても
答えは同じ
ＥＲＲ（エラー）

最後に　も一度
叩いてみたら
出て来た答え
∞（無限大）
そっと眠りたい

当初の一月の退院の想定が、二月に入っても、まだ退院の話が出てこない。ハーベストに二度挑戦して敗戦。今はこれしかない第六クールの抗がん剤治療が、始まった。六回もやれば慣れたとはいえ、やはり副作用は辛い。髪の毛が抜けて、体中の毛も減ってきた。体重は、とうとう六〇キロを切った。一年前の体重と比べると、約二三キロ減量。怒られるかもしれないが、ずっと減量はしたかったので、心の中で黙って喜んだ。

しかし、シャワー室の鏡に映った私の身体は貧弱で、あばら骨は、ボコボコして見えるし、首筋から肩にかけてポコッと窪みができたように見える。顔つきも何故だか、情けない爺さん顔。

(これじゃー、中州に行っても、モテようにもモテんめー)

……仕方ないか………。

気晴らしに、兄に近況を知らせるために電話をかけた。ちょうど、昨年他界した母の一周忌が迫っていたので、その話と近況を伝えた。

兄は、忙しいのと、遠方なので見舞いに来れないことを、「すまんのう、すまんのう」と、何度も言ってくれた。私には、それだけで十分だった。

二月一四日、第六クールの抗がん剤治療を終え、まだ少し副作用で苦しんではいる。今日は、セントバレンタインデー。女性が、男性にチョコレートを贈って、愛の告白をする日。そんな記念日なので、私から看護師のみなさんに、愛を込めてというか、感謝の気持ちを込めてチョコレートを渡そうと考え、売店に出向き、小さな四角いチョコレートを二〇個買ってきた。全員とはいかないけれど、検診に来られた時、ベッド周りの点検に来られた時などに渡した。

みなさん、笑いながら、

「えー？　良いんですか？」

と、快く受け取ってくれた。

私も冗談で、

「私から愛を込めてですから」

と、返した。

入院して八カ月。この頃になると、看護師の中には、この子、長男のお嫁さんに来てくれたら、と思う可愛い人もいて、みなさんと、ざっくばらんにため口で話せるようになっていた。

それから数日後の月曜日。余ったチョコレートを自分で時々口にして、一時退院の日が待ち遠しく考えていた夕方、いつもの主治医の回診。

副作用も落ち着いて、先生に一時退院の日を聞こうと考えていた。

「内藤さん。体調は、いかがですか?」

「えー悪くはありませんが、少し便秘気味で、薬を飲もうかどうか、迷っています」

「そうですか。先週の採血検査は、白血球の数値がまだ良いとは言えませんが、他の血小板、好中球などは安定しています。今週末の採血の結果によりますが、来月三月三、四日くらいの退院を考えています」

「有り難うございます。今日、来られたらお聞きしようと思っていました」

「ただ、今回の退院は一時退院ではなく、今後は通院していただき、経過観察とします。抗がん剤、化学療法を行う入院は、今回で最後です。現在六クール完了しています。あと二クールは、リツキサンという抗がん剤を通院で投与します。結論は今週の採血の結果次第です」

「え、完全退院ですか？」

「良かったですね。そうです」

主治医から、このように言われた瞬間、私は嬉しい思いとは別に、何故か、この病院を出ていくことが、寂しく感じた。

入院して約九カ月。この頃になると、ここが生活の一部になっていて、私は《悪性リンパ腫》という病を時々忘れていた。

病院からネットで、小さなサイドテーブルを注文して、ノートＰＣを持ち込んで、書類を打ち込んだり、メールで仕事のやり取りをしたり……などなど、ちょっとしたワークスペースができていた。雑誌とかＣＤも持ち込んでいた。

一度、主治医から、「内藤さんは、持ち込み荷物が多過ぎます。少し減らしてください」と、強く注意された。そのくらいベッド周りには、ちょっとした生活をするのに十分な物が揃っていた。

（先生、本当にすみませんでした。真剣に怒られたように感じました）

まだ少し、寒さを感じる春は弥生、三月。

約九カ月の入院生活の区切りを迎えようとしていた。

心の中は、嬉しさと言うより、変に寂しくて、ずっとここにいたい気持ちがあった。

突然の高熱で入院して、意識がなくなり、目が覚めた時、久しぶりに両親に会えたし、多くの医師、看護師、看護助士、事務スタッフ、会社、仕事の仲間、友人、そして家族、兄弟、いろいろな方々に支えられて、今日を迎えることができた。

本当に感謝しなければならないが、ちょうど卒業式に涙を流す女子学生のような気持ちになっていた。

平成三〇年三月三日

ひな祭り

平成三〇年
春　三月三日
ひな祭り
天気　やや曇り

約九カ月
神様から突然いただいた
ディナータイムが
もうすぐ終焉
悪性リンパ腫のフルコース
メインディッシュは

平成三〇年三月三日　ひな祭り

血球貪食症候群
とっても美味しかった
盛り沢山
吐き気、便秘
抜け毛、倦怠感
帯状疱疹、憩室炎
オンパレード
美味し過ぎて
もう、満腹
ご馳走様でした

そろそろ
嫁さんが迎えに来るから
ここを出よう

感謝、感謝

本当にご馳走様でした

私も、ようやく六五歳を過ぎて、周りから高齢者と言われる仲間になった。若い時は、この時が来るとは、想像もできなかったが、いざ来てしまっても、まだそんなに年を取ったとは、自覚がない。多分、みなさんもそうだと思う。

生を受けて、赤ん坊の時、幼少、少年、思春期、青年、壮年、そして今。記憶をたどっていても、様々な出来事があった。

その時々を思い返すと、楽しかった時もあるが、苦しかった時の方がよく覚えている。

しかし、その苦しかった思い出も、今になって思い返すと、そのひとつひとつが、楽しかった出来事でしかない。これは、自分自身の本質的なノー天気な性格が影響していると思う。

関係ないかもしれないが、血液型がB型なので自己中心的で、その場その場が、自分のステージのような思いに浸ってしまうこともある。

それと、私には少年期から、ずっと兄の後ろ姿を追っかけてきたことが良かったと思う。

共に貧乏して、バイトして、受験して、そして就職、結婚。母親は違うが、同じ酒呑みの父親の下で、双子のように育てられた。やはり私には、この兄の存在が、最も大きい。

退院してほぼ三年が過ぎた。ひと月ごとに検診を受けて、少しずつ採血の検査結果は、良くなっている。寛解の判定は、まだ二、三年先になるだろう。ただ寛解の判定を受けても、再発の可能性もある。

私は、決して運命論者ではない。この先、何年生きるか分からない。今この瞬間、体内のどこかの血管が詰まって、突然、息が途絶えるかもしれない。

もしかして、血液ががんに侵されていても、一〇〇歳を超えて生きているかもしれない。

思うに、私の運命は誰にも分からない。

私は、一度、死の淵をさまよってきた。

しかし、その時、家族、兄弟、友人、みんなのカーテンコールの叫びで、再びこの舞台に立たせてもらった。この紛れもない経験に私は、とても感謝している。

これから先、遭遇する様々なドラマの筋書きは、私にも、誰にもまったく分からない。

そして、そのいくつかの場面を迎えた後に、再び私の舞台の幕は下ろされる。

私が、迎える筋書きの分からないドラマの中で出会う人々、私に力を貸してくれる人、私が力を貸してあげられる人、好きになる人、嫌いになる人、そのような多くの人々との出会いの中で、私は、変に格好をつけることなく、自然のままで流れに身を任せ、そして心を閉ざさず、気持ちを周りのみんなに委ね、何事も、

「楽しかった、有り難う」

と感謝して、最後の幕を下ろしたい。

（完）

あとがき

私の、拙(つたな)い語りを最後まで読んで頂き、有り難うございました。

先日、令和三年三月三日、退院後三年目の記念日を迎えました。

語呂も良く、三、三、三、三で、大好きな美味しい赤ワインをグラス一杯だけ頂き、気持ちフィーバーしました。この悪性リンパ腫という病に罹る前は、浴びるほどアルコールに浸かっていましたが、今はこの一杯で、十分気持ちは満たされております。

この三年の間、三度入院しています。ついひと月ほど前にも憩室炎で多量の下血をして、三週間ほど入院をしました。輸血も受けました。がんとは直接関係無いと、主治医から説明を受けていますが、五年後の生存率が、四〇％と聞いていますので、そろそろかなと思いつつも、まだ頑張っています。

私が、この『カーテンコール』を執筆するきっかけを少しだけお話しします。

私が、退院して丁度一年ほどが過ぎた平成三十一年三月、突然、兄（義高）が、脳溢血で倒れた事を義姉から知らされました。知らされたのは、三月ですが、実際、倒れたのは、一月の正月の最中で、義姉は、退院して間もない私の事を心配して、すぐには、知らせなかった事を直接、義姉の口から聞きました。

義姉は、

「お父さんは、史郎さんの事をとても心配して、いつも元気になってくれたら良いのにと話していたの。お父さんの気持ちの中で、史郎さんは、特別よ。だから、私は、連絡しなかったと。史郎さんが、逆にショックを受けたらいけんと思って」

三月にこの義姉の気遣いの連絡を受けて、入院中の兄の見舞いに出向いた時、車椅子に乗った兄と対面しました。その時、私を見つけた兄は、即座に、

「おー、史郎か。退院したんか？　良かったのー」

と、病院内の他の方にも十分聞こえる大きな声で、私に話し掛けてきました。その時、兄は、たぶん自分の気持ちの中で脳の病で倒れたことが、とても悔しかったのでしょう。少し涙をためて、声を震わせながら、

「俺は、大丈夫やけん。俺が退院したら、みんなで集まって、酒でも飲もうや」

と、自分を励ますように言ってきました。

「わかった。わかった。俺は、もう大丈夫やけん、今度は兄貴が、早う直さないかんばい」

と、私も兄に負けないくらい、大きな声で答えました。

この会話をしながら、ふと私は、兄が、亡くなられたお母さんの実家から戻ってきて、私と一緒に生活を始めて、小学生、中学生、学生時代、社会人になるまで、色々な苦労を共に過ごしてきた事が、頭を過ぎ(よ)りました。

そして、それと同時に、なぜか、いつも同じ行動をしていることに、変な不思議さを感じました。

不謹慎と思いますが、

(今度は、大病か!)とも、思いました。

兄の見舞いに出向いたころ、丁度三月くらいですが、ネット上で、文芸社さんの「十人十色」の原稿募集が目に留まりました。締め切りは、五月末日。私の病の事、兄が倒れた事、等々が私の気持ちの中で重なって、入院中にしたためた、詩を送ってみようかと考えました。

詩は、入院中、思いつくままに書いていました。私の、学生時代は、学生運動の終焉の時期で、少し行き場のない時代。いわゆるフォーク世代の始まりから全盛期に至るまで、どっぷりつかっていました。私も、下手なギターを抱え、大学ノート2、3冊、詩を書き溜め、こそっと歌ってもいました。本当に下手でした。しかし、そのノートは、就職してからは、どこにあるか不明です。たぶん、母が処分したと思います。

入院中、詩を書き始めようと思ったのは、

主治医からの病状の説明で、がんと知らされた時からです。

「がんなら、死ぬのは近いたい。なら、遺書の代わり、詩でも書いとこか」

そんな、軽い気持ちで書き始めました。

意外と、切羽詰まれば湧いてくるもので、結局、入院中、約八〇編くらい書き溜めました。中には、学生時代書いた詩を思い出して再編したものもあります。

『カーテンコール』は、私の遺書代わりのような思いと、双子のように一緒に育ってきた兄が、私と同じように病に倒れた事への行き場のない気持ち、そして、私を、再度このステージに立たせてくれた、周りの方への感謝をお伝えしたいと考えペンを進めました。

「十人十色」の公募には、残念ながら落選しました。その様な、拙い作品の出版を私に勧めて、そしてお手伝いしていただいた文芸社のスタッフの方には、本当に感謝しています。

ありがとうございました。

最後にこの作品の中に登場します、わが町のヒーロー（あの大打者、王さん）を、いとも簡単に仕留めたサウスポーのピッチャーが、令和三年二月に永眠されました。丁度、登場していただいたので、この作品を読まれることを楽しみにしていましたが、大変残念です。謹んでお悔やみ申し上げます。

それでは、この辺でペンを置きたいと思います。

令和三年四月五日

著者プロフィール

内藤 史郎（ないとう しろう）

1954年、福岡県生まれ。
国立北九州工業高等専門学校卒業。
卒業後、建築設備会社入社。
退社独立後、建築設計事務所に勤務。
以後、建築設計に携わりながら、日々、余生を楽しみ、現在に至る。

カーテンコール

2021年7月23日　初版第1刷発行

著　者　内藤 史郎
発行者　瓜谷 綱延
発行所　株式会社文芸社
〒160-0022　東京都新宿区新宿1－10－1
電話 03-5369-3060（代表）
03-5369-2299（販売）

印刷所　株式会社フクイン

ISBN978-4-286-22808-2